由此可见

鱼跃 著

山西出版传媒集团 北岳文艺出版社
·太原·

图书在版编目（CIP）数据

由此可见 / 鱼跃著 . —太原：北岳文艺出版社，2024.4

ISBN 978-7-5378-6846-4

Ⅰ . ①由… Ⅱ . ①鱼… Ⅲ . ①诗集－中国－当代 Ⅳ . ① I227

中国国家版本馆 CIP 数据核字（2024）第 068146 号

由此可见

鱼跃 / 著

//

出品人
郭文礼

责任编辑
武慧敏

书籍设计
石媛元

印装监制
郭　勇

出版发行：山西出版传媒集团・北岳文艺出版社
地址：山西省太原市并州南路 57 号
邮编：030012
电话：0351-5628696（发行部）　0351-5628688（总编室）
传真：0351-5628680
经销商：新华书店
印刷装订：三河市华东印刷有限公司
开本：890mm × 1240mm　1/32
字数：105 千字
印张：5.75
版次：2024 年 4 月第 1 版
印次：2024 年 4 月山西第 1 次印刷
书号：ISBN 978-7-5378-6846-4
定价：55.00 元

序

吉狄马加

当一个作者将自己的诗集命名为《由此可见》，我想他首先确立的是对自己写作的信心。他首先告诉读者的是，这是一部有所发现和有所见解的作品。其次，他确信读者能通过阅读同样有所发现，也有所收获。那么问题随之而来：他在诗集中安放了哪些发现？他将动用怎样的诗歌技艺和手段将自己的发现或者体悟恰到好处地呈现出来？

“一千个读者有一千个哈姆雷特”，他的发现是否和读者的阅读所得重合？或者他是否希望读者能从他的诗歌中发现更多？带着这些问题，我饶有兴趣地通读了这部来自一个相对陌生的诗人朋友的作品。

我想我应该首先坦诚通读完毕后的感受。读完这部诗集，我想到了宋代禅宗大师青原惟信参禅时“从见山是山，见水是水”到“见山非山，见水非水”再到“见山是山，见水是水”的三重境界。这的确是一部有所“发现”的诗集，也是一部让人读完以后能够从作者的发现中获得发现的诗集。而且，我相信不同的读者读完之后，会有不同的发现。

读这些诗，能够看到作者的身份、性情和思考的深度。

阅读诗集，首先能够让人看到的是一个失去故乡之后不断用文字和回忆重返故乡的游子形象。然后又是一个在旅途中不断停下脚步审视自己与现实境遇的行旅者的形象。这两个形象也是中外诗歌中最常见的两种形象。但鱼跃也写出了自己的特色和辨识度。比如他写追忆中的故乡：

当你剖开这里的一片云
看到它的前世：
一颗晶莹的盐粒

滩涂早已开满鲜花
不再是庄稼地
不再是盐民的道场

这是一个希望的海湾
潮水还在不断地翻滚

父辈们挑筑的九塘、十塘
潮水在不停地北撤
现在，工厂，新城
覆盖在盐粒上的现代文明
我被浮华包裹的身体

记忆中的那一幕
像潮水，反复涌现

——《在杭州湾》

从鱼跃的诗中可以看出，他的故乡在杭州湾辽阔的滩涂边缘，有着淳朴平静的乡村风景。随着城市化进程的加快，这块裹挟在经济大潮中的净土不可避免地发生了翻天覆地的变化，昔日迷人的盐场、大塘河和漾山江都已经被时代的大潮覆盖。地理意义甚至社会组织形态层面上的故乡已经成为遗址，但他也从未放弃对它的追忆。

在鱼跃看来，故乡不光是生养他的地方，更是一方能够安抚他的沮丧、犹豫、失败，乃至最终收留他的至爱之地，为此他不遗余力地用尽所有的热爱和文字，在纸上恢复、营造着这样一处精神原乡：

我深爱你沉稳朴质的力量
我深爱你宽广踏实的胸襟
你包容我，容忍我的哭笑

忍我忧郁中的忧郁
忍我沮丧中的沮丧
忍我失败中的嚎叫
忍我颓废中的狂浪

你容忍我一无所有
也容忍我不明事理的取闹
哪怕我是狂风骤雨
哪怕我用闪电雷鸣
你都欣然接受从不藐视
你博大的胸怀
我愿久久地拥紧在你的怀里
你是我至爱的故乡
余生我还有多少爱
我将一如既往，仍将深情
铺陈在这片我爱着的土地上

——《至爱之地》

诗集中诗人的另一个形象更为突出。我从鱼跃诗友的介绍中得知，鱼跃从商，是在一次偶然的机遇中接触到了诗歌，继而迷上了写诗，且一发不可收拾，连续出版了多部诗集。目前仍在繁忙的商海中打拼。他的很多诗都写于商务旅途或者会务间隙。但是从鱼跃的诗里面很难看到有关商战方面的利益追逐或者尔虞我诈，更多的是人生旅途方面的一些追问和思索，是一个现代人面对时代和自身的精神困境的审视和思索。这个时候的鱼跃，让我们看到的是一个时代困境中的迷惘者，一个能适度跳脱出自身生活的旁观者和冷静的审视者，一个为了信仰，“不知疲倦地往返，探究此案和彼岸的关系”（鱼跃《在白鹭飞翔的地方》）的生命和生存意义的追问者的形象。在他看来，“生活仿佛在冲浪，大海从未停止它的摇晃，而他也仍在继续跌跌撞撞、飘飘荡荡。”（同上）

值得肯定的是，在很多从文者都在追名逐利的时代，作为商人的鱼跃，却能在灯红酒绿纸醉金迷的时代波澜中保持着清醒和思考的状态，的确难能可贵。

读这些诗，能够看到一个诗人沉思和想象的深度。

在鱼跃的诗歌里，游子、商人行旅者和冥想者的身份并不是截然分开的，而是相互交集融为一体。只不过是在不同的情境和场域中各自显形。在追忆故乡的诗篇中，游子的身份自然会显得突出。而作为商旅途中的书写者，他更多的是以一个时代万象的审视者、自我身份的省察者的身份出现。而当他有了一定充裕的时间，有了独处的时间和空间，他更多的是以一个冥想者和思考者的形象出现。在这种状态下写出的诗歌，更能见其诗思的深度。

在闲暇时间他很少去应酬，更愿意待在家里的地下室读书冥思，这让他的诗又带有一些玄思和梦幻的气质。这些诗的质量虽然还有进一步提升的空间，但也是鱼跃一种可贵的选择和探求。

风吹在门帘上，起伏似波浪
稍远处，偶有汽笛长鸣
这是经过的时代快车

载着沉寂的光阴
而过往仿佛还在原地
走在我前面的人
是什么人，那些思想者
要带我去哪里

——《片段风景》

我是个无人给予的被迫者
生来就已失去了此岸与彼岸
我是个漂流客
这是你的天空与大地
是我误入人间？
随风漂泊流浪，不知疲倦
谢谢你们，并未抛弃我
我也憧憬，有意料之外的灯火。

——《孤寂之门》

如果说在《片段风景》里，鱼跃为读者呈现出的是他日常生活散步、静坐茶饮时的断续思考。那么在《孤寂之门》等相关的诗篇中，他已经通过静坐进入了某种“禅定”的状态，他的思绪已经通过自身触及了一代人共同的精神困境。在这些诗篇中，鱼跃把自己定位成一个“无人给予的被迫者”，也就是说，他主动承担了一个时代困境中代言人的角色。与多数人不同的是，尽管他承认人都是孤独的，但他同时也相信人并非生来就是永远孤独的生灵。在寻找上帝和伯乐之间，他选择了后者：

> 我存在着，与你一样的存在
> 在末日来临之前
> 我们各有选择
> 你相信上帝吧？
> 但我更愿相信能遇见伯乐
>
> ——《孤寂之门》

作为诗歌书写者的鱼跃，他相信在漂泊旅途中会有意料之外的灯火并始终坚持寻找。正是坚信生命中意料之外的等待会有所获得，使得鱼跃选择坚持“用一辈子的时间，努力甩掉吞噬阳光的暗物质”，并有了“等待着太阳从海中升出”。读着这样的诗句，让我想到克尔凯郭尔的一句话：

> 我真正缺少的东西，就是要在我内心里弄清楚：我到底要做什么事情？问题在于，要找到一个对于我来说“确实的”真理，找到一个我能够为此而生、为此而死的信念。

克尔凯郭尔在22岁时写下的这句话，充满对于人生意义这类问题的思考和关切，这其实就是哲学家说的“终极关怀”。但这种终极关怀并非只是哲学家的课题，而是每个人都需要面对的根本问题：生活到底是为了什么？人生究竟有什么意义？而鱼跃同样用诗歌谈到了这个问题并且给出了自己的选择。

我想每一个生活在当下、遭受种种困境的现代人，都能从鱼跃的诗句中找到共鸣。而这种共鸣和每一个不同的个体生命的猝然相遇、相互激荡，必然让读者生出不同层次的“见山见水”的感悟。

鱼跃非文科类的科班出身，也从未受过系统的诗歌写作训练，完全是用直觉和天赋写诗；而且自从在一个偶然的机缘中与诗歌邂逅之后，始终不离不弃，对诗歌葆有着初见时的热忱。这一点尤其让我钦佩。如果说还有什么期许的话，希望鱼跃能够利用商务间隙，系统阅读一些中外大家的诗作，在诗歌写作的技艺和主题发掘的深度方面再多下点功夫，如此，假以时日，相信他会有更大的成就。

（吉狄马加，现任中国少数民族作家学会名誉会长、中国作协诗歌委员会主任）

名家推荐

霍俊明　诗人、批评家、《诗刊》社副主编

平心而论，鱼跃的诗歌不乏“抒情”与“自白”的质地，他总是不自觉地承担起低唱者与讲述者的角色，情感、经验、记忆以及想象就在一次次的低唱与讲述中获得了复现与重生的机会，诗歌也因此成为了典型意义上的“记忆诗学”。

孙昌建　浙江省作家协会诗歌创作委员会主任

我喜欢鱼跃诗集中写海的那一部分，可能跟他名字中带“海”字有关。在诗与读者之间，鱼跃造了一条人工栈道，略有点小弯曲，“有此可见”的风景，还是大家能够见到的大海，那是有诸多生活场景和细节的。所以我认为鱼跃的诗是能够触动更多的读者的，因为人人心中都有一片大海。

李郁葱　中国作家协会会员、杭州市作家协会主席团委员、著名诗人

鱼跃的诗具有极致的张力，而在这种张力中，我们可以得到来自于灵魂的慰藉。一种普遍的情感。或许是对大地的凝视造就了这些诗意的汇聚，这使得鱼跃的诗得到了高度和宽度：一种斑驳的美，在澄澈和混浊之间，一种穿透之音。

吴小虫　诗人、《草堂》诗刊编辑

鱼跃的诗注重当下，能抓住瞬息间的诗意，同时紧贴自身，通过对身边事物的书写来释放校正自己。他的诗没有散发出竞技式的焦虑感，在一首诗的内部一次性燃烧。他沉浸在那种幻境的生活，也不断检视历史和他者的命运，在这个角度上，他又获得了足够的柔韧与丰富。

目　录

第三辑

▶

第一辑

明天

世界，下一刻会消失什么
一些隐藏的事物？

看，夕阳正在落去
夜色中的你，天际热情的星
而你我自认为的不朽
还在挣扎，忙碌
但这一切终将会停止
终将消失殆尽

行者

生命是一场旅行
最远的地方也是尘世
生命是一场修行
一路上所遇见的苦乐
如若所悟
苦也平常，乐也平常

阳光透过你的生活
一个修行的人
随喜，随安
无论走到哪里
天也高云也淡

如此，已走了大半辈子

从一个驿站来到另一个驿站
就像从一座庙里出来到了另一座庙
那里都有佛
那里都有菩提树

是的，无论我在故乡或异乡
我依着一盏信仰的明灯
不迷，不贪
如此，我灿烂，你明亮

问秋

我正要
上去，云梯像
羽毛一样
在飘下来
看见一篮苹果
一束鲜花
什么日子
云淡风轻的
这个晌午
我走进丰茂的深秋
一个个的
红色果实裸露着
我正要
采摘
伸过来

第二只陌生的手

我惊愕不已

四周一片空白

夏末的夜

夏末的夜
山岗上，风
夹着绿色
从香乳味的空气中滑下来

黑色的丛林
许多双脚
踩在漂浮在阴暗中的路

我驾驶着半个月亮
穿过暗红的云

这是什么样子的夜啊
月光里长满青藤
一个弹琴的女人
引来那么多翩翩起舞的野蝴蝶

雪浪

在亚龙湾
我在五楼的阳台
孤独的光
伴着空中的咸腥味
海在呼啸
浪花溅起的白
就像今夜你的江南
飘下的一片雪

在白鹭飞翔的地方

一

我泊在一个思念的港湾
又驶向另一个彼岸
潮起的时候我离开故乡
潮落的时候我回到故乡

二

绕过南山，往南山以南
沧海茫茫，长天碧浪
我的脚步连着一座岛
掠过许多未知的神奇

许多的岛像一尊尊的佛

鸥鸟犹如众生
也如我
虔诚地从一座庙里出来
又去另一座庙宇供养

为了这个信仰
我不知疲倦地往返
探究此岸与彼岸的关系

三

我在热情海，来回冲浪
巨浪一次次把大海劈开
小岛一直在摇摇晃晃
我在飘渺的梦里
奔波，流浪
是啊，大海从未停止它的摇摆
我也仍在继续
跌跌撞撞
飘飘荡荡

七夕之夜

这个时候我们都醒着
七夕之夜
她们眨着桃花般的眼睛
撩乱着无数人的心神
织女们如此开心
嗯，这是酒吧
跳芭蕾的　着蕾丝边的
繁花盛开的紫色通道

有人在为色欲动容
是的，这如蜜的空间
仿佛触手可得的美
却又如此遥不可及

夜莺们唱着情歌

与金粉的夜色浮游在一起

我要为她们的崇高而敬礼
这个无怨无悔的时辰
她们给出的柔情蜜意
玫瑰，虚情的祭品
一朵是抵达神话
另一朵在亵渎爱神

一个信仰爱情的人
此刻也在假装着爱的样子
他们说这里是伊甸园
但我认为是她们播下的怨恨情仇
要用什么来还？
这是七夕之夜
这是青春被超度的时刻

无题

走近了，又抛开
留下白云，这泡沫状的日子

透明的光，落在水晶球中的影子

那是落叶，那是风
这是光芒的街巷

一个闲人在白昼
睡在命运——
晃动的船中

海边散步

在海水的反光里
两只大翅膀的飞虫

是鸥鸟，或是飞机

大海蓝色的跑道
席卷着尘世的泡沫

我们散着步
潮水灌湿了我

我也有飞的意识
然而，一粒俗世的沙砾
挤入我的宇宙鞋

这粒沙砾，我自认为

它是海蓝色钻石

睡梦之前

一路风尘，坐动车
打的士，来到一座岛
一座布满巨浪的都市

枇杷树旁的一幢大楼
——— 一家旅店
——— 一家夜场
——— 几多家的夜宵

这些我不在乎
这些我都需要

我蜷缩了疲乏的身体
懒在床上

歌声从窗外飘进来

我忍不住地依窗眺望

夜空中星火半点

寂寞正悄悄地侵入我的领地

夜，渴望欢畅与自由

一点小酒叫人无比幸福

但哀伤，惆怅

在醒着的梦里真实地存在着

傍晚

那只鸟又在啼叫
一声一声，
叫暗了天光

如此闷重的鸟声

小院关不住鸟的天空
暮色装入黑暗之前的
一丝日线，
落在它既定的窗沿

我又回到老地方
那只鸟又停留在房顶

是轨迹，还是束缚

我透过窗户

静止的房子

灯火亮了起来

园中之树

在晚风中一动未动

谁能给它松绑

谁能给我松绑

鸟巢，在我的栖身之所

鸟巢，关不住

我想象中的自由飞翔

旅途中

这是七月之初，谁知道
它会给我们带来什么？

洪水泛滥着

周四午后，我去远方
这趟 7690 次的快速列车

一个不知终点的远方
长长的列车，我无力为之喊停
嗯，光阴从不停歇
它在全力狂奔

列车嘶吼着
摩擦出空气中的火花

我看见天空、大山

田野、房子在移动

车厢挤压着我的希望

我的渴望之心

与时速同频，在飞

车厢摇摆，我感觉有点累

是的，我不能太憔悴了

闭上眼睛，可眼前

依旧掠过一幕幕车窗的剧情

此行并无目的

不要快乐，也不要忧伤……

那我要什么？我也不知道

是沙聚而就的琥珀之都？

还是一座快要崩塌的城堡？

在咖啡店

四个人，疲倦，也有激烈
依靠在开着花的闲桌
一扇木门掠过一些孤单的人

百无聊赖的人坐在窗口
绿色植物的叶子被风吹响
有人在雨中苏醒
如同木偶没有移步变动

牛排味，浓郁的像件复古的物件
时光沉浮着，像我嘴角吐出的烟尘
有人对烟的敏感，就像
我对死亡的恐惧

我起身，面对一个奋斗者

他在纸上写，唯有战斗，方可英雄

轰鸣声中我听到他在嚎叫

“都是垃圾

你是个笨蛋”

是你或是我，糟透的天气里

有罪的人，拿起刀

切碎一块带骨的牛排

我想脱去周身的戏服

但我早已失去，猛兽般的身体

赶路人

那个猎人沿着坡路往上走
一群赶路的人在往下走

一只鸟儿在来回蹿动
忽地蹿在他们前面
又忽地不知影踪

下雪的时候，坡路不见了
赶路的人说
那只鸟的翅膀也不见了

六月的火焰

我从失眠的早晨醒来

这早餐，面包，牛奶，鸡蛋
大白菜夹着胡萝卜

阳光从窗户窜入，落地窗，树杈
金黄色的云朵，湿润的空气里
弥漫着六月的清香

一个巨大的花坛，周边布满高楼
这是早晨的世界
被撑开的天空
裸露在红砖绿瓦的高楼之上

我走了进去，从一栋楼

走向前面平行地堡式的建筑
布满类似于西藏经幡似的彩绸
粉色，和略显涌动的橘红色

门前的侍应整齐划一
排着庄严的行列
似乎在等待着什么
像是一群着红色队服的太阳系勇士

我接受着这种爆棚的能量
是的，这正是凤凰花开的季节
哦，那定是神明
向六月的天空抛出希望的火焰……

观日出

我先看见星星，月亮
它们叠在一起

后来晨曦微露

太阳来之前
在我心里
船帆先升了起来

一个倦于奔波的游客
坐在一个人的沙滩
喝着啤酒
闻着波涛的香气

哦，阳光终于露了出来

一切失去，你我

断然也不会孤身一人

我在门前等一场雪

光阴流逝，记忆中的原地
像那棵巨树未曾离开

我无须打开记忆
夕阳中，飞过一只
出现在你的叙述里的燕雀
这是现实，并非幻觉

我的家搬了又搬，而我
还习惯用枯藤的钥匙开门

多少事物
在暮色中退避三舍
实际上，这是惯常
但又并非惯常

或许有些存在并不虚无

那年的门前下过一场雪
雪中燕雀
现在已不在原地
眼前这棵巨树
是新移植的日本国的雪松

我在新门前等一场雪
等雪中仍有燕雀飞来

游子吟

天边一道血红的残阳
融进千层的灰云里

飞机飞过天空
那是摇晃着的云路

目的地不远了吧
就在夕阳边上

我望不见熟悉的来路

哦，我的朋友
我在天空中借宿
下面是蓝色的大海
如果可以

我愿在这夜的金粉场

灌上啤酒

出卖我虚假软弱的躯体

秋日空间

我抖动这棵横穿天空的紫藤
现在是秋天
那些藤上的花掉了下来
像掉下来的爱情
终究随风去了

我始终没想过要离开你
我只想放飞忐忑的心情
可以将我的身体
寄于落花流水的美域

我坐在久居的小院中
那些不安分的虫鸣声
比以往沙哑了许多
这是它们的最后一季

所以人啊
活着的时候应多发出声响

我知道鸟叫也好
虫鸣也罢
它们都无法拯救你的不安
那根紫藤与我一样
都需要光和温度
是的，这秋日真好
这是我不想再错失的美好时光
花虽落去，但那紫藤仍在，像爱

净

那个清晨起风了
雨滴碎在荒野

远处庙宇有钟声传来

唉，一群修行的人
止步不前，在念经

我无端冒出的一些执念
粘着飘零的雨
总是那么来去不定

至爱之地

我深爱你沉稳朴质的力量
我深爱你宽广踏实的胸襟
你包容我，容忍我的哭笑

忍我忧郁中的忧郁
忍我沮丧中的沮丧
忍我失败中的嚎叫
忍我颓废中的狂浪
你容忍我一无所有
也容忍我不明事理的取闹
哪怕我是狂风骤雨
哪怕我用闪电雷鸣
你都欣然接受从不藐视
你博大的胸怀
我愿久久地拥紧在你的怀里

你是我至爱的故乡

余生我还有多少爱

我将一如既往，仍将深情

铺陈在这片我爱着的土地上

桂花香

太阳底下的那棵桂树

我摇下许多鸟的歌唱

此时，南风吹过

鸟翅带着桂花汁

香气，飞向你

听浪

一

在红树林的海岸
浪潮疾闪
一朵浪花给你
一朵浪花给我
那是你我一起的大海

二

一只白色的海鸟浮在碧波中央
另一只在天空翱翔
这是它们的世界
如果要飞出世外
必须先越过重洋

三

暮色里的海面，闪着金光

苍茫、辽阔

浪潮踉跄地吞噬着沙粒

吞噬着一个忧郁者的心

河边

这条河在我右手边
在太阳西下的树丛下

那蓝色的水波
映衬着如碧的天空

我常路过岸边，紫色的藤条
缠绕着没有炊烟的楼宇

水面安静，有一只
没有归巢的花冠鸟
正飞抵向晚的天空

夜曲

夏夜，像集合着的火炭
我要把执念烧掉

像在飘荡的梦里
天堂与地狱
一边是虚无的空
一边是丛生的妄念
如果什么都看不见的夜
平常心是夜的眼睛
它指引着我，唤醒我
不再误入歧途

在杭州湾

当你剖开这里的一片云
看到它的前世：
一颗晶莹的盐粒

滩涂早已开满鲜花
不再是庄稼地
不再是盐民的道场

这是一个希望的海湾
潮水还在不断地翻滚

父辈们挑筑的九塘、十塘
潮水在不停地北撤
现在，工厂，新城
覆盖在盐粒上的现代文明

我被浮华包裹的身体
记忆中的那一幕
像潮水，反复涌现

这片海

你来过这片海滩
大海，那一朵朵浪花
你要走向哪里

这是灰色的十二月
浪花依然飞溅
蔓草依然疯长

这是南国的沙滩
你用手，堆起
昙花般的沙城
转眼，被下一刻的浪潮
席卷，消失

而我，站在十二月的海边
同样被匆匆流逝的岁月，席卷着

冬至

我有恐年症，光芒的人生
在一点点地变老，是啊
光阴似箭
这一生会离开，能带走什么
又会留下什么
我想遗憾是必定的

又到河水冰封
可时间从不结冰
是啊，今日又是冬至
嗯，我依旧在屈从
心里一些阴冷的块垒
像一块块厚厚的冰块
嵌入我越老越坏的身体
唉，变坏或变好

我不知未来

也不知当下的一些执念

该如何来消解

城中小山

这座不高的小山
亭楼，翠竹，连缀着
此时低沉的云天

这是初冬，山还是茂密的绿

仿佛万物从未停止过它的生长
或许一切皆因母性，伟大的生
乃是一曲恒定不变的自然之歌

小山不适合住神仙
适合我这种平凡的人
山石、松林、溪水、鸟鸣
它们足可鲜活
我本就毫无意义的生命

一座城，一座山

山在城里，城在山里

一个身处闹市的人

或许他真有颗归隐山林的心

片段风景

一

风吹过路两端的香樟树
叶片茂密，却有貌似的犹豫
这是庚子年，该有的样子

倒映在水中的房子像玲珑的浮塔
又是月恋前檐的季节
背离着的幽暗处
一盆兰花，暗生飘逸的心事
此时，桂树又在抒情
招来九月的蝴蝶与蜜蜂

二

我在西式洋房里
配着古典的中国式装饰
红木窗的墙挡住三角梅的窥视
在黑色宽阔的人行道边
我修建了我深爱的花园
我的地下室，更是别有洞天
向上设计别样的天井
秋晚，多雨的季节
滴滴答答的雨声
陪着我热情的秋梦
我像在悠然自得的南山里

三

风吹在门帘上，起伏似波浪
稍远处，偶有汽笛长鸣
这是经过的时代快车
载着沉寂的光阴
而过往仿佛还在原地
走在我前面的人

是什么人，那些思想者
要带我去哪里

科技早就推开了天空的黑墙
大塘河，漾山江
不再是非得养鱼
水中倒映着一个新的时代
我无法言明，这些
新生的文明，是否
已经打扰到了我
是的，我的手机绑定了外太空
如果你有足够的勇气
可与嫦娥诉说情话

四

秋势已发，我的自由
可我被困在原地
欲望依然在挣扎
我庆幸拥有，这流浪后的归宿地
植下的那些梅兰竹菊
原本以为，可以借物释怀

现在看来，它们
不会再酝酿新的生机
是的，这分明是一片
古老陈旧的暮气而已
如果种植些玫瑰、百合
康乃馨应该更合时势

时光的隧道口
已经是飞机、高铁的时代
我不清楚这些不确定的观点
是对是错，我只知道
那些诗人们，习惯于
对陈旧意象的反复使用
我希望寻找到另一种
新落下的声音
让人不易解读的声音——

在夜色中踱步

在幽静的单行道上
铺满金子般的落叶
野草的头颅在摇晃

我踩着月色的脊背
他们踩着我的长影子

在暗淡的夜色中穿行
一柱光
像鸽哨般响着划破长空

我惊诧地打了一个冷颤
沙沙沙的落叶缠住了我
正要抬腿的那只脚

亚龙湾

一

在南边的海域，三亚
宽海无边，潮音满溢

风正不顾一切
浪正不顾一切
我正不顾一切

海平面上，千只鸥鸟
正向我要一枚硬币
这些光着脚丫的人
在沙滩上徒留下跨世纪的印痕

二

沙滩没有十二月
没有冰冻的北风
放荡不羁的男人，女人
他们如火的欲望
海浪要让这欲望，烧得更旺

此岸是锚，是一条链子
彼岸仍是水中未见的相思
也许你不知道我的存在
也许我会奋不顾身地去找你

一群迁徙的异乡人
热爱大海正如热爱生活
是的，我们不是在漂泊
我们是一群逆流而上的人

大海在晃荡
落在孤岛上的形影
没有惊惶，也没有哭泣
我不是为了讨路而来

但世俗，皆为利而往
沙滩上铺满了金黄

三

啊，大海，你暗藏汹涌
这正像我们平日里的生活
这海岛，从不寂寞的沙洲

潮水啊
像狼群一样在岸边嚎叫
我的孤独
我的孤独被埋在浪涛声里

你看这只孤鸿
在我面前掠过
她长着海浪的柔臂
穿着柠檬的衣裳

紫外线的沙滩上
吻着海的姑娘
与清风跳着热情的桑巴

海神在哪？这旖旎的符号

或是那片斜倒的椰子树

乘电梯

你的眼睛很明亮
但你没有说话
你仿佛在寻找什么
你仿佛遗漏了什么
你从十七楼走出
我还在继续向上攀登
独自一人的空间
我继续做我自己
但在我脑海
不断浮现着你乳沟上的褐色纹记

知秋

晌午，我听见今年最后一声的雷动
夜晚，我听到九月里最初的秋虫声

哦，又到了天愈来愈高
草越来越黄的时候

我在质疑眼前的景象

为什么世界的颜色随季而变
秋虫就此而终
我为此而焦虑
我的心在渐变的光阴里
又渐渐沉重了起来

无题

万叠的云
盘旋在万叠的山里
在方寸之上
大声向远方呼喊
飘来了风，飘来了雨
这风雨，变成了浊流
穿梭于我暂住着的人间

偏执者

他坐在一口枯井边
这井早就不出水了
有人劝他撤离

水的流向变了
枯井边再也无法养活
讨着生活的人们

这人居然渴死在枯井边
为此，我为他惋惜
但并不为他难过

嬉水

它们都在嬉水
太阳，月亮
晒着那只渔船
还有那一条浮游于宽海的大鱼

哦，大海闪金光

我心底的污垢
可否也能在这尘海中
抵消，洗净

冬雨

午后，下着一场冬雨
经过三北西大街左转
这是我脑海里既有的设置

缠绵的雨，仿佛像我的思绪
又清晰，也模糊

我所在的世界啊
真实的已慢慢剥离
是的，是虚无
占据了我偏爱的纯真

此时，冬雨飘向我
它晶莹剔透的光泽
在为我注释新的符号

这一年

这一年你会看见有几只白鹭飞过
这一年我又有多少青丝变为白发

南方

秋雁飞向我的南方

那个放野南山的人
那个背井离乡的人
那个不肯随波逐流的人

秋天正是收获的季节

雁在南飞
枫林红了
田野秃了

现在，我要在南方折回
我已飞不动了
我半截的身体已陷入腐土

孤独的旅途啊

我一个人的南方

屈服

他坐下来，在月亮对面
凝视他眼中的远方
一口烟在他嘴里打了会儿盹
然后吐出雾霭状的烟圈
像紫色的藤蔓，爬上无形之树
他低下头去
那个装满褐色的深坑
让他无法理解
硝烟萦绕的头顶会如此沉重
他身边的那只短毛狗
时不时地发出略带痛楚的声音
这一刻，一棵巨树
挡住了水杯中的月亮

终始

我仍然在想象
那片狡黠的云光
是否仍在那道山脊背后

朗朗晴空，从来就是
始于晨，而终于暮色

是的，光明与黑暗
非是那道山脊
更不是那片狡黠的暗云

变化

正是寒冷的冬日
那个少年，在死灰的天空
灌着北风
迈着沉沉的步履
走出模糊的天日

在一片阳光的春日
那个中年，他手攥闲云

雪已下在另一个世界

现在，他泡着一壶春天的茶
点着烟斗，数着星斗
他要把黑夜再次擦亮

花开花谢，一切如是命运

无须争取，也无须抗拒

我信天，天就自然会有安排……

今晚　看你蚀骨般的美

今夜的我什么都不需要
有你就足够
此刻什么都可以忘记
包括鼓浪屿，西雅图……
还有手中的这杯红酒

我们在仰望同一片天空
今晚的你，不仅仅属于这片海
明亮的你，属于我们全部的眼睛

我在大海边，月亮浮在海面上

一个流浪者，被月光放大的影子
银色的潮水正席卷而来
缱绻的我在期待什么？

我迟迟未动

钟情你蚀骨般的清冷之美

途中经过

列车飞驰而过

村庄、田野……

车窗外正下着一场大雨

一个沉默者，在车厢的尾部

与他侧面的伴侣

掺和在狂奔的呼啸声中

假意睡去

三月扬州

陌生人，在三月的扬州
梦里，满天的烟花纷飞

我熟知的扬州
是旧梦中的一曲小调

我在寻找旧时光里的人
来勾连当下的思绪

物是人非，烟花似梦
她们只剩下了故事
是的，这些遥远的人或事
填在我当下的构想
也成了导游们赖以为生的谈资

在小院里想到了这些

一

我的小院，植着一棵松树
江岸一步之遥，英伦气质的房子
第九幢一〇一，最接近太阳的位置

每天我会巡视周边的绿色
有微风，偶有细雨
阳光长出的幸福与忧伤
供养着我的平常日子

二

这些层层叠叠的岁月
像只穿不脱的衣服

当下是午后，阳光晒在草坪
旁边的松树陪着我，与它谈心
很好，它不会讨厌我说什么
我说三十年以前的时代
我懵懂迷茫，愤慨，慌乱
找不到一丝光
在我周边，是黑暗缠着黑暗
我强制式的生命意识里
落下一地折腾后的残酷碎片
嗯，一波三折，都是苦难

三

一个从泥泞不堪中走出来的人
对于暴风，闪电，黑暗，
面对一切邪恶力量的胁迫
虽不至于伤命，但活在拼命的状态里
嗯，我带着我的理想
一个抗拒命运的人
拒绝命运安排的一生
为之拼掉了我全部的青春
嗯，当下皮囊已衰

余下的生活，是放下
还是继续前行？

四

是的，贪心，是人性
每个人都在幻想的尘世

五

人们对黑暗的恐惧
我也失去了谈论死亡的勇气
这些与黑暗有关
暗能量或负能量
等同是一座坟墓
等同是世界末日

六

我告诉自己，请不要胆怯
我们都是天空中闪亮的星
我以为我是二极管的载体

每个人都具备发光的条件

七

某些疼，只是黑暗中的一小部分

我们知道暗能量无所不在

但吞噬自己的并非黑暗

是自己卑微的心骨

只要你心存光明

相信黑暗愚弄不了勇敢者的心

八

来去之路如梦境一般

众生向着光明

向着善良的内心世界

朝着国家的方向与之合奏

我坐在迎着朝晖的小院

简单、静谧

什么身份都不重要

有平常的幸福，足矣

九

我目及天堂般的存在，阳光照拂红花绿叶
在我的生活里
投下闪烁的光点，黑暗在退却，而忧郁
仍像潮汐依然来去不定
显然，光是虚幻的
真实在浮世里被暗影吞噬着，交替着

十

我是个寂寞、安守本分的人
所以不适合大众之游戏
我喜欢和园中之树对话
但它是聋子，是哑巴
它孤单地站着，像我孤独地活着
七月，日光正如火焰一般
以前的我应该早已焚化
现在，我倚在树荫下
静静地独享
这七月里的无上清凉

咆哮之旅

一列火车在咆哮

开往南方咆哮的城市

车厢里四个孩子的笑声在咆哮

目的地的浪尖在咆哮

列车轰轰地开过山洞

如注的雨，在咆哮

我站在半掩的月台，袭来咆哮的热浪

世界无法静止，英国为脱欧在咆哮……

第三辑

一个虚无者的天地

时光缓缓，我走在浅浅的庭园
一个个王朝的基石存放在这里
长方形的院子
青石板铺满一地
——主人
踩在皇冠的宝座而悠然自得

远古的弃物
沦为百姓家中的装饰
石刻的图案旌旗清晰可见
战争与和平
不再那么重要，羽化的人物
——在笑谈中
东倒西歪

唉，圣贤将相
困落在这灌木花草的盆景下
这些寂寥的石头之心
——威武的光泽
静静落在俗世里……

大门之外世事依旧纷扰
小院里一堆石头很静
一个虚无者在幻想
帝王这么近，又如此远

等待春天

如今环城北路的梧桐
已没有夏季的绿意
光秃的细枝粗杆
只有飘零的孤单

或许，那凤凰飞来时
那枚飞落的羽毛
远比茂密的阔叶更光亮

可眼下，凤凰只是传说
只是心中美好的臆想

看到梧桐，我就会想起凤凰
就像一个人打坐，就遇见佛

是的，此时
梧桐静静地矗立着
它在悄无声息地等待另一个春天

冬令萧瑟，梧桐如同死去
很少有人会在意它的存在
就像我孤独，空寂的形影

我总在想，这些空枝
等有一天长出花朵
那么，贪婪者就不只是凤凰了

他从北方来

他是零点后刚到的
月亮正好在乌云的边缘
周围灯光暗淡，薄雾里
车噪声穿过空洞的沉寂
他从北方来到我的南方

在一斜坡的地段
我看见他下车时起伏的身影
领子上翻，披风飘逸
我拍了拍他肩膀上带来的雪

他拿到房卡的时候
表情略微迟疑
太晚了吗？没有！
兄弟，我们继续吧

就从上一场齐鲁的雪谈起

是的，北方又在下雪

气温骤降

在自由吧

倘若是明天
在自由吧里遇见你
我就做你亲密的人
你像白雪公主般善良
又有着玛丽莲·梦露的妩媚

我在努力贴近你的天际
你热情浪漫，洁白美丽
为此，我在憧憬拥有你

一个可爱的人
在自由吧里
一个孤独的人
在自由吧里，倘若相遇
在恍惚的人影里

音乐、啤酒

灌进我晃荡的身体

然后，我像在泡沫的梦里

臆想中的自由女神

白色的皮肤、长发碧眼

是的，在自由吧里

我并不自由的身体

跟着她翩翩起舞

春

他们说春天是首诗
那我在春天的诗浪里
与燕儿一起嘤咛
掠过泛青的麦田与花海
倾听田野上
金黄色的朗诵

春天不远了

那是无形之墙，围转着一座城
是啊，天空布满铅灰色的云

城市的夜晚，灯光忽明忽暗
街市空荡，入侵骨髓的寒气

这个冬天，围炉取暖仍是主题
顺应天时的人
无须挣扎，无须嘶喊
你可以想雪梅的花瓣
红的是血，白的是哀愁
当然，我更愿意想春天的样子

暴雨之前

一

我伏在懒散的椅子上
捧读一本书
挖开七月里三尺的焰火
燥热的空气里
遗存的是金子?

有那么一群人躲开阳光的照射
聚集在一起，连同一些声音
搅扰我的安静之地

二

那是电扇，空调压缩机，嗞嗞作响

我喝着一杯早已冷却的凉茶
七月的乌云正在背后聚拢
天空在骤变，情绪不安的云

他们扎堆在小巷子里，喧哗
不知道敌人是谁，危险一触即发
他们谈论着六合彩
我在看一部没有播完的电视剧

门外的大街不时地传来叫卖声
有人告诉他们
天空要接着下一场昨天没下完的大雨

三

车，嘶吼着开过，卷起尘埃
碾碎了一只折断翅膀的蝴蝶

我皱了皱眉头 这鬼天气
我改变不了风雨的姿势
反正无法躲避，还有什么可以恐惧

一声响雷，震碎了隐藏的部分

他们卷缩，折弯

无法逃过闪电的扫射

我苟且的身体

在一次次的战栗里端起茶杯

他们呵，与我一样

——愚蠢至极

就像我合上书本的时候

解读

气温徘徊在零度上下
会场肃穆，有人在做会议解读
描述是何等的细腻
一些概念，成功与失败
悄然间，我仿佛苏醒过来
进项是自然生成的
命运总是会遇到很多问题的
包括我的生活，这是
十二月，西伯利亚的冷
一些思想已被凝固
身体指标，囊中所得的收入
妥与不妥，这些被模糊的词语
重复了再重复
他们要把我余下的青春取出来
与白雪的理想一起再次搅拌

在雨中

我像是个游远放野的人
不计风浪，逆着而行

我又像是个摆渡客
被迫接受，诡异的霜雪

现在，我必须重新审视，调整

哦，我的一些小秘密
在一滴雨的反光里
这是泡沫的世界
我与之交织的幸福与艰辛

越过一个十字路口
在无人问津的商铺门口

我为摇荡的季节发呆

混沌的天，下着幻影的雨

什么是规则

它们已淋得面目全非

古桥边

在古桥边坐了一会儿
走过卖水果的贩子
那是一个为生机而奔波的人
他睁着失望的眼睛

桥下河水很清透
那个戴斗笠的渔人
在摇头叹息，说水太清则无鱼
我笑笑走开
我是个随意生活的人
不想活在得与失的情绪里

大寒

我要给这落雪定义什么
是悲伤，还是快乐

如此，雪如果在我身体里
他随着我的呼吸而呼吸
哦，它没有失去旋转的能力
我的体温，我体内飘荡的雪

在雪天里过日子
想必心情也是愉悦的
我可以让这喘吁的身子
先停下来，像雪人一般
越冻越坚固
但这样并不是我的目的
我在想飘雪的时候
那时，可能快乐的会多一点

信以为真的虚无

一

夏天早已别去
这是秋天
瑟瑟的风，刺入飘零的万物
刺入虚无

二

午后一壶春天的茶
尚未煮开
穿最后一次短袖衫
那提花的印纹已悄然失色
是的，这是时光流逝的写照

三

我们向夏天，向秋天
——致敬
生来彷徨的我
平生如是草木
我曾把金钱梦视为信仰
现在我在改变这一想法
生命无须负重
自然而然就好

四

霜季尚远
一颗流浪的心在飘零
到底需要用什么来取暖?
几年前的一场雪
把我的秀发染成了雪的样子
我是否可以识破什么
我是否可以打破老样子

五

哦，季节轮回
原来万物皆为虚妄之相
可惜我醒来太迟
你我皆在梦中啊
我太在乎这幻境中的苦乐
生活本就是在琐碎的虚无里
我却信以为真
是啊，我们走在迷途上

六

是啊，这一路上
有些幽暗与艰辛
都说人生不过是场游历
我感同身受，你看这个季节
丛林正在脱去往日里假装的浮华

七

你我都在故事的遗址上

一切述说

用最多的感叹号也无人肯信

我们在取相一个如幻的梦城

高贵的灵魂，谁能证明

每一片枯叶，就非要

凋零在这个秋天

飞到天之外

秘瓷

千峰翠色，瓷之始也
青瓷，越过千年
光鲜如初，哦
我故乡的上林湖
曾经神秘的窑火
碎瓷的光
如同一曲奏不完的交响
我信仰的上林湖
是我故乡的母亲湖
国瓷之母的美名
而有人利欲熏心
只为它的值与不值

初冬

闲下来，也就安静
就看看泛黄的树叶
快乐在树梢上闪着
一些带着伤的叶子
随风落地，翻滚

风不停地吹在旷野
曾经窘迫的村庄
我是迎着风的孩子
奔跑在空欢喜的岁月里

我闭上眼睛
记忆中的光忽闪而至

源头，我的源头

是一条玲珑的河流

是一块玲珑的麦田

然而，那里已成灰烬

这遭人妒的高楼

覆盖了我的前半生

我与匆匆光阴一起渐渐老去

胸中的一些痛念

在一种自残式情绪里发生

日新月异的时代

那些熟悉的旧地在消亡

是的，周遭如同幻境

一切事物只是暂时的存在

就像你走了再没来过

茶

月季花开在风里
我在院中，泡茶
搬来春天的大山
我用溪水冲泡这晚的月色
这是绿色的胴体
散发出的春味
真相流入我的腹部
长出了一个旧世纪
那是陆羽的春天
我说此叶甘甜
是以为茶，如何……

在白云南

在白云南，松岗清风
麦田，油菜地
面对隆起的坟茔
爷爷，父亲守在这里

昨天的雨正掠过清明的头顶
人生一瞬间的风景
我纵横在下一秒里狐疑

大山沉寂无声
他们荡漾在春风里
白云南的白
永远散不去，那斑白的追思

他们已经过去

此时，一些念想

与簇拥的落叶卷在一起

松枝晃荡

溪水声，呜呜不止

他们流逝在这些类似的声音里

致元旦

一

光芒的日子透过粉色的窗帘
花园的鸟儿在歌唱
我们也哼着小曲
哦，新年，新的一天
我们一起赞美这变幻中的世界

二

这一天
没有什么不朽的
但也许就是不朽的
我们在如梭的光阴里
春光已被我挥霍得所剩无几

但我还在扩大一些尚存的幻想

三

前天，雪刚刚飘过我的城市
飘在我不停奔跑的年轮上
雪仿佛是新年的贺礼
我打开礼包清点
“三十而立，四十不惑”
哦 “五十知天命”——
人生折不断的时光如是旅行
我们一路照料生命
直至属于我的岁月
枯萎，再无来日

午后的时光

在我看见的，看不见的
这一刻，飞鸟
撞击在前方的山峦
欲望在上升
骇浪在上升

孩子们在操场上，欢声笑语
这是午后，旁边的河岸
野草丰茂，高树参天

那只鸟在不断地叫
这神秘的语言
和孩子们的朗读声
划破一时暗沉的天空

光明

灰暗色的土地上
一阵阵的冷风
嗖嗖嗖地扑向我

沾着泥浆的落叶
像我此时的苦境
仿佛掉入了一个
无法动弹的禁区

没有光线笼罩的天色
我的心是多么惆怅

寒冷的世间如同炼狱一般
但我始终相信
光就住在乌云背后
嗯，光快要露出来了

雪

雪悄无声息地来了
如同隐士，潜入昨夜
撩起一片纯白色的晨光

我走出蜗居的时间之海
每一步，落在厚雪中
这是我重重的脚痕
如是凝结着的一寸光阴

此时，天地安静
一切的浮华都被白色覆盖
唯有那枝梅在独自开放

这是昨天的雨，成了今天的雪
也是明天奔流着的江河

心地花开

浮云掠眼

春天里

我看见盛放的花朵

——佛说

心地的花　四季常开

春夜

我在喝茶
喝下这夜的黑雾
灯光　烦恼　还有睡意

没有人打扰我
月色静照　空夜无声

那是春日的夜
孤独的猫儿
时不时地怒吼
绿眼的光
惊恐的叫声

晚风在继续轻吹
带走隔壁的诉说声
还有墙外女人的鞋跟声

夕阳时分

在对面的小山之上
半坡的秋风和斜阳
透过翠色的松针

我要了杯咖啡，倚窗而坐
窗外，一条河流
隐约的高楼和茂林
人们往返于
幸福与快乐的路上

此时，光阴交织
白昼与黑夜正开始搏斗

顺着末日的余晖
我心底默念
岂知来日，别来无恙

蝉

它曾蜷缩于三尺地底
修破土而出之功
有一天以树为栖
发出响亮的声音
它在为自由而呐喊?
不是的，它有一双纤薄的翅膀
那为何像小孩般地不停哭泣?

是愤恨，是高傲?
是怨恨，是鸣不平!
是鸣世道的不公?
不是的，高阔的天空
足够放得下这瘦弱的身子

是证明我还醒着

是证明我还活着

是证明我的存在

伫望中秋月

今夜的潮水
一浪推过一浪
岁月如流
抹掉有关青春的梦
抹不掉今夜你投射的明眸

我们已不再年轻
相遇，再见，也许再也不见
人生像是场阴晴圆缺的戏

潮声隆隆
皓月挂于半空
城市光彩袭人
我伫望我的圣地，举杯呼愁

月宫清冷，念愁难挨
又是团聚，即是分离
一个漂泊在外的人
今夜将停泊何方……
我在天涯，月光下面
我遥想着我最爱的故乡

第四辑

秋吟

如同生活有缺口
像大地没有城墙
会窜入惶恐的风

今天的日子
但你无法掌控的下一秒
生或死
生是凋零的归去
死是轮回，也是重生

此刻，你表面沉着，安稳
但内心可能摇晃不止
这秋风秋雨
如是困扰中的命运
但我有幸奉持
始终怀揣着的一念幸福

雾

雾，飘飘荡荡，扑面而来
我试着做了个行走太空的姿势
用缱绻的身子放开双手
我在飞翔，想抓到什么
这无踪无影的世界
我抓到了茫然失措的自己
这是笨拙的我
在混浊不堪的人世

三

现在，回想往昔里的自己
每一次的挫折与失败
就像春光遇上雾霭
就像玫瑰遇上冰雪

四

当我说话越来越少时
定是我思想飞舞的时候
其实，居留在迷惑的时空里
披星戴月的我
是这黑夜里最亮的星月

五

别以为我的爱在消失
而是有些爱
我不想无聊地去宣泄
有时候，真希望有一阵风
能把心里的爱全部吹出

六

我有我的紫色梦想
逆着行走就算累点也行
有人误以为这是迷失
而我却是在寻找自己
我的理想国啊，花香满溢。

七

我已走得很远
我还在继续走
漫漫人生路
我可以被时光碰碎
但我仍然在坚持我的活法
平躺于被红尘深染的盒子里

八

那时我在雾里，摔了一跤
倒下去的，是我的躯壳
站起来！我努力地站起来！

站起来的是我的心！

我看见迷雾总会散去

阳光透过了我的名字

九

人生艰难，难免会遭遇辛苦

我给自己黑暗，我给自己寂寞

我看见花海在栅栏里

我的水乡围着高墙

我举起纠缠的双手

奋力抵抗，我为未来抗争。

十

我是个无人给予的被迫者

生来就已失去了此岸与彼岸

我是个漂流客

这是你的天空与大地

是我误入人间？

随风漂泊流浪，不知疲倦

谢谢你们，并未抛弃我

我也憧憬，有意料之外的灯火。

十一

我存在着，与你一样的存在
在末日来临之前
我们各有选择
你相信上帝吧？
但我更愿相信能遇见伯乐

十二

我经常会写到一只撞破天空的鸟
它与我一样的孤独
只要我在场
请允许我歌颂它吧
它寂寞的叫声
对我来说，有如天籁
有它陪伴，我不孤单。

十三

我把过去当作虚无
我一半是糊涂
而另一半则是清醒
光阴聚拢了，又散去
我真实的一半拉着另一半的幻觉
嗯，黑夜好是漫长
我愿早点醒来
看见充满希望的晨曦

十四

我希望的世界
每一天都是安静的
没有风，没有轰鸣声
是的，春花秋月尚却无语
我敬仰天空里无声的云朵
真正的智慧是不善言表的
我在说，庄子的逍遥游
我在想陶渊明的南山种菊
我怜悯匆匆时光

可我身体里的自由在不断地抽离
是的，我仅剩下我的孤寂之心

十六

我用忧郁之心种的花朵
我用怜悯之心爱着世界
那只黑蝴蝶的嘴
正像你吐出冷嘲热讽的蜜
你蔑视我的存在
好在我还有我的大海给予我神的力量

十七

所幸我这一生与善缘为伍
我的身体沐浴在温柔的阳光里
善良是可爱的天生之物
有人说慈悲是廉价的
我好想拥有一颗佛一样的心
我在用一辈子的时间
努力甩掉吞噬阳光的暗物质
是的，从一开始

我在抛开执念的沉重
加持善为的能量

十八

在夜里，下了一场大雨
道路被雨淋成了一面镜子
灯火在水影里晃荡
我浮在雨中，四周一片漆黑
我怀揣着秘密不知归路
我像落在沾着水的镜子里
如是一个迷途的醉汉
是你，或是我
我在沉寂，摇晃的土地

十九

我是一只小船，晃荡在大海里
城市很深，结成我一团的迷惑
我在飘着白雾的海岸
我听着海浪的歌唱
告诉你吧，我什么也不说

我在等待，等待着太阳从海中升出。

二十

那时的风吹死了人

那时的落叶把我压得窒息

我知道我犯过很多错

曾经的几度沉沦，迷失

在一个阳光的早晨

我找回了自己

归去吧，我遭难的岁月

我站在另一端沉思

那年的梦受了伤

正是花开的时节。

忘了这些天

这些天，时值正月
是谁，创造了一句
魔法穷词
就此，昏天暗地
我低垂着头
开始疑惑未来世界

已好久没看见花开了
空气中的别样异味

我们在失去什么
可以想象，不认命
挣扎着的人
等待充满阳光的一天

我们在失去平静

恶雨飘过每个角落

在自然界面前

身躯不是石头

你是一具软弱的肉体

但我想让肉体变为石头

好让自己不恐惧

不绝望，嗯，我要

忘了这场雨

忘了这些天

忘了带着魔法的穷词

旧街巷

旧街，在飘摇的浮世里
沿途店铺静谧
我躲过对视你的眼睛

现在，太阳下
一些风雨的影子
在阴郁的巷子窜动
一些多余的苦闷在蒸发

在包子铺的右边
一个修旧鞋的老人
戴着老花眼镜
他把一枚钉子
正敲入他这一生的命底

晚点以后

机场在一个无人接近的领地
我在返程，在晚点的信号里
天路受阻，暂缓通行

我上百度借道去吧
嘿，显示超重
我上微信发现附近的人
低头一族，不时露出一丝的笑意

凌晨两点半，延误了睡眠
错过了月光，美酒
嗯，此刻如果在静吧
我的时间可能在一杯鸡尾酒里

广播声不时地在说抱歉

我们像在白垩纪
这声音仿佛是异特龙的狂嚎

我敲击发胀的肚皮
元气几乎耗尽
落寞的夜晚
等待，持续地等待
哦，天路漫漫
我在想象沙沙响的天宫
一只越过天空的巨鸟

在流逝的时光里

时钟滴答地
敲着我掌心的键盘
光阴之箭
穿过我仰望的眼睛

日落的讲台上
站着一个演讲者
说天地玄黄，说雨不会下很久
白昼也将过去
黑夜也将过去
我们也将过去

时光匆匆，从未停止
我们说着再见
享用着暮色中的冷暖人生

秋梦中

一个懒人的中午
美妙的像个童话

窥探一切，世界滑过白色的天鹅
那人正吹响笛子

一个紫色浪漫的梦
东方巨龙在腾云驾雾

江南已入秋，嗯
好凉爽的风
我关注着的西湖
万国来朝
激情的中国，睡狮正在醒来

四月天

四月，石头开出的花朵
我独自一人欣赏
这石缝之中的寂寞之花
花，鲜艳夺目
就像绝地而生的那个人

岁月初来

我在庭院，看最深的红绿
我为之又搭起了另一个花台
种下百合，海棠，丁香

那么多初来的景色，春风吹着她们
滗出七色的浮生世界

我凝望着的绿色世界
悠悠时光
岁月正不顾一切地涌了上来
我独步在小径
在后退的途径中沉思，适应

在此时

阳光在我的怀里

风，轻抚着我的脸

天空一望无垠

此时，悬着的心

堵塞了人世间一半的风景

忘忧草

春天就这么轰轰隆隆地来了
你还迟疑什么
我还想要什么样的颜色
那巧言令色的谎言
就请割掉他灰变的舌头吧

春天浩荡，清气若兰
枯草又抽出了绿芽
此刻，我在我的心地
种下一棵我一直奢求的
——忘忧草

一条路

前朝就有的这条路
长满野草，父亲为它
铺上山中的石渣
从此，这路长了很多的疙瘩
就像那时坑坑洼洼的日子

这是一条幽暗的路
这也是一条通向未来的路

如今，我们的路，更宽，更平坦了
我在每一程路上做上记号
这一程赤橙黄绿
又一程青蓝，紫色

飘

我步履蹒跚走过街市

天空如镜
我在自由的风中感受幸福

世界多么纯情可爱
光辉岁月
我在飘渺的梦里
御风而行，不知所以

黄山游记

我从北山门遥望南山门
那是一块巨大的石头屏障
我从北山脚仰望山顶
那是云雾与植物的秀发

游车不停地上下盘旋
折返于仙界与凡俗的世间
我停在半山处最柔软的部分

岁月久远，一处崖刻见证着
羽化成仙的故事，人与神
无非是一个在山上
一个在山下的世俗里

这一茬茬的人，上去了

又下来，难道仙界不过如此

我闭目，上下沉思

此时，夕阳如血

山庄炊烟袅袅……

后记

当有人问我，为什么会去写诗，我真说不出个所以然。或许是缘分使然，或许是命中注定。在某个日子里，我在误打误撞中与诗结下了缘分，然后在不知不觉中和很多人一样加入了写诗这个行列。

诗人与其他行业一样也有个圈子，但我貌似在这个圈子以外。我只在我的地下室独自写诗，有点闭门造车的意思，自得其乐，自我陶醉。有时候我也会把一些刚创作的初稿发在微信朋友圈里，与朋友们分享写作的愉悦，觉得这也是一件乐事。

写诗的头几年我也兴致勃勃，经常拿着一些作品在刊物上发表，但这几年已没有了这样的热情。原因之一，因为我无法把太多的精力放在文本写作上。这么说吧，生活里我还算是个主次分明的人，世人皆需养家糊口，我也不例外，诗歌是精神理想，而需要为之打拼的事业则是生活与闲来为诗的护航器。是的，纵然我对诗歌的喜欢胜过财货，但毕竟好的生活是要用财货来支撑的。再说我也不是个一本正经的写作者，所以两者孰轻孰重，不用细想便可选择。

原因之二，我知道自己并非天赋型的写作者，不太可能写就“一诗出而天下知”的作品。我所谓的作品，或许只适合自我欣赏。我也有过继续发表的念头，但细想我的诗应该只能是凑凑热闹而已吧。是的，我的确是个不够自信的家伙。我是这样想的，假如我的作品确实很好，我相信，有一天老天会派慧眼识珠者，予我作品以光明。

原因之三，是有人认为地下室里是写不出好诗的。我的诗多半在地下室里写就，阴凉潮湿，对于这样的写作方式我不知是对或是错。如果您读我的诗了，望您指正，带我一起在诗国的天空里翱翔。

有人说，你既然对自己的诗持有怀疑态度，那为什么还一直坚持在写呢。我想多半是性情所至吧，有时候情绪来了，我就凑字排行发泄一番。另一种可能，我想应该是诗歌本身的原因，有人说诗是私设公堂，来审判自己，从这个意义上说，诗本身就是一个矛盾者的集合体，而我就是个矛盾分子，思想和内心上的矛盾经常突起，让我产生出诗的一小片洪流。

对于当初为什么选择写诗而不是别的，是我以为诗言简约，字数较少，但也能寄一时之情思，所以想图个简单，不用长篇大论。这的确是我最初为什么写诗的理由，如今想想实在自觉可笑。是的，后来慢慢发现，诗尽管只有几行，但若要完成一首好诗，远比完成一篇数千言的其他文体难度更大。

说到这里你又会说，如此之难，那你就不要写了啊。我的确想过，而且不止一次。可是写诗不易戒诗更难。我已习惯了用诗来表达，当一件事成了习惯，那就由不得我了。可以说目前的我写诗皆是身不由己。但我也深知这绝对不是使命使然，其实是诗为我平添了很多生活乐趣而已。

这种感觉凡写诗者应该有同感吧，由不得你停下手中的笔，真像上了瘾的毒药。于是乎我爱上了我的孤独之诗，也爱上了我寂寞的地下室。诗对我来说是消遣也是生活，是我最好的精神伴侣。已经无关写得好或不好，我也再不问自己写还是不写，诗就是我诉说悲喜的一种方式，如此而已。

时间过得真快，从写第一首诗开始到现在已经十年有余，这么说吧，自认为的成果是已写就出版了三部作品集。今年很特别，对一些初写时的作品作了抢救性的修复。这些原本放弃的诗作，想想丢了可惜，我以为丢掉的不只是诗，是丢掉了自己的一段生命历程，丢掉的是一个人的精神与灵魂。所以我要善待自己的精神世界。诗作无关好坏，我得善待自己的创作成果。于是我重新拣起来再重新为它们命名，计划为之出版，足足有三本诗集，我深感欣慰。另外，上个月也很是欣慰，又整理出了去年写就的一首一千三百行的长诗《艰难时刻》。

世事无定，人生如梦，又是金秋十月，岁月不停留，然此生有幸，能以诗言诉说我的快乐与悲伤，我想还是顺从于老天的安排吧。如此，一切甚好！

2023年10月20日于厦门湖心岛